PAPIER FRESSERCHEN
MTM-VERLAG
DIE BÜCHER MIT DEM DRACHEN

Dieses Buch ist gewidmet

....

Die Magie zum Glück

Glück ist ein Lächeln in deinem Herzen

Rita Schmitz

Es war einmal in einem fernen Land, in dem die Sonne zwar schien, aber dennoch nicht so viel Kraft hatte, um die Erde derart zu erwärmen, dass das ewige Eis schmolz – man nannte es auch das Land der Eismenschen oder Whiteluck (weißes Glück).

Ob die Menschen hier wirklich glücklicher waren, dies lag wohl in der Hand eines jeden Einzelnen. So wie es auch in unserer Hand liegt, glücklich zu werden!

In Whiteluck lebte eine kleine Familie.
Die Eheleute hatten vor nicht allzu langer Zeit ihr erstes Kind, einen kleinen Jungen, geboren. Und weil sie beide sich so über ihr Glück, ein Kind zu haben, freuten, nannten sie es Joy (was so viel wie „Freude" bedeutet).

Joy war ein aufgewecktes Kerlchen und machte seinem Namen alle Ehre. Denn mit seinem spitzbübischen Lachen und seinen freundlichen Gesten verstand er es, alle Menschen für sich zu gewinnen und ihnen Freude zu schenken.

So wuchs Joy mit den Jahren zu einem hübschen, hilfsbereiten Knaben heran.

Alsbald war die Zeit gekommen, in der er sich entscheiden sollte, welchen Beruf er einmal erlernen wollte. Oft saß er abends vor der wärmenden Gaslaterne im heimischen Iglu und hing seinen Gedanken nach.

Seine Freunde wussten schon alle, was sie mit ihrer Zukunft anfangen wollten. Da war Nils, der es als Robbenfänger versuchen wollte, und Holger, der eine Schlittenhundezucht anstrebte. Alles nützliche und bedeutsame Berufe, die in ihrer kalten Heimat notwendig und wichtig waren.

Aber was konnte Joy und was wollte er werden?

Er wusste es einfach nicht!

So half er seinen Eltern bei der täglichen Arbeit. Joy hackte Holz, er fütterte die Hunde oder half seiner Mutter bei Arbeiten am und im Iglu, während er nach seinem Berufswunsch suchte.

Es sollte schon noch der Tag kommen, an dem er erkennen würde, welches Geschick er hatte und was er daraus machen konnte.

Eines Tages sprach man in Whiteluck von einem unvorstellbaren Ereignis. Tatsächlich sollte eine unbekannte Familie in den Ort ziehen, um hier zu leben und zu arbeiten.

Dies war ein äußerst seltenes Ereignis, denn es verschlug eine Familie nicht allzu oft weg von ihrer bisherigen Siedlung, um irgendwo in der Fremde neu zu beginnen.

Also plante man in Whiteluck ein Fest, um die neuen Nachbarn herzlich willkommen zu heißen. Denn es war wichtig, in diesem einsamen Land miteinander zu leben und einander Hilfe anzubieten.

Die Bewohner fanden sich zum Gespräch zusammen und planten das Willkommensfest. Ein jeder übernahm eine Aufgabe. So ging alles Hand in Hand und die Feier war schnell vorbereitet.

Wenige Tage später kam die neue Familie an: Eltern und ihre zwei Kinder. Nein, es waren vielmehr ein jugendliches Mädchen und ein kleiner Junge.

Sie kamen mit großem Gepäck. Ein Hundegespann zog einen riesigen Schlitten, auf welchem sie ihre ganze Habe – bestehend aus Zelten, Decken, Kochutensilien und ihrem persönlichen Gut – mit sich führten.

Die Siedler erwarteten die Neuankömmlinge bereits und hießen sie mit einem würzigen Walfisch-Mahl und heißen Getränken herzlich willkommen.

Im Laufe des Tages stellte man einander vor. Das Mädchen hieß Sira und der Name des Jungen war Andros.

Ein wenig ausgefallene Namen – aber sie kamen auch aus der Fremde. Aus dem viele Eiskilometer entfernten, noch kärgeren Norden. Dort herrschte eine vollkommen andere Kultur, wie die Familie bald berichtete.

Joy war an diesem Tag sehr lange mit den Hunden unterwegs, daher kehrte er leider erst am späten Nachmittag nach Hause zurück.

Natürlich wollte auch er die Neuankömmlinge begrüßen und eilte ohne Umwege zum Treffpunkt in den Gemeinschaftsiglu.

Dort erblickte er zum ersten Mal Sira und sofort war es um ihn geschehen. Es kribbelte in seinen Armen und Beinen und im Magen hatte er ein komisches Gefühl – hatte er etwas Falsches gegessen?

Nach der Begrüßung schenkte sich Joy erst einmal einen wärmenden Tee ein, aber das Magenkribbeln blieb. Zudem konnte er die Augen nicht von Sira abwenden. Immer wieder schaute er sehnsüchtig zu ihr hin und schenkte ihr, wenn sich ihre Blicke trafen, ein herzliches Lächeln.

Und wie das Glück es wollte, sollte Sira die gleiche Schulklasse wie Joy besuchen – somit sah man sich von nun an täglich.

Mit der Zeit kamen sie sich näher und freundeten sich an. Doch da war noch mehr – Joy spürte, wenn er mit Sira zusammen war, dieses unbeschreibliche Gefühl der Freude und des Glücks tief in ihm drin.

Dieses starke Gefühl bewegte ihn eines Tages dazu, Sira zu einer gemeinsamen Schlittenfahrt einzuladen.

Am Nachmittag trafen sie sich und machten sich auf den Weg. Joy hatte eine Fahrt aufs tiefe Eis geplant, immer der untergehenden Sonne entgegen.

Sie genossen die Zweisamkeit bei ihrer gemeinsamen Fahrt ins ewige Eis. Irgend-wann nahm Joy Siras Hand ...

Und was geschah dann? Er konnte es nicht glauben. Sobald er ihre Hand berühr-te, begann das Eis um sie herum zu schmelzen– wie durch Magie!

Dieses Gefühl war für beide ganz neu und unbeschreiblich schön, jedoch auch erschreckend.

Sie hatten ihre Liebe zueinander entdeckt. Eine Liebe, die so stark war, wie sie Menschen nur selten verspürten. Eine Liebe, die selbst das Eis zum Schmelzen brachte.

Doch sie erkannten schnell, dass sie vorsichtig sein mussten. Denn durch die frei-gesetzte Magie ihrer Liebe begaben sie sich beide in große Gefahr. Sie wussten, was es bedeutete, wenn das Eis schmolz, während sie sich auf einem See befan-den. Sie konnten hineinstürzen und darin ertrinken.

Wenn sie sich in einem Iglu befänden, zum Beispiel im Schuliglu, würde nur die Berührung ihrer Hand die Klassenwände zum Schmelzen bringen.

Hieß das also für die beiden, dass sie sich nie zu nahe kommen, sich niemals mehr berühren durften?

Das konnte und durfte einfach nicht sein, denn sie hatten sich doch sooooo lieb.

Eines Tages, als sie wieder einmal zusammensaßen und sich die Köpfe darüber zerbrachen, welchen Beruf sie erlernen wollten und wie denn ihre gemeinsame Zukunft – die sie sich doch so sehr wünschten – aussehen könnte, meinte Joy:

„Liebe Sira, dieses unbeschreibliche, einzigartige Gefühl, das uns beide verbindet, ist wunderschön, aber die Kraft unserer Berührung ist so stark, dass ein Miteinander gefährlich für uns und unser Dorf ist. Diese Magie darf uns aber nicht trennen, wir müssen einen Weg finden, wie wir sie für uns nutzen können.“

Er schaute Sira traurig an und streichelte behutsam ihre Hand. Doch – oh weh! – sofort begann das Eis um sie herum zu schmelzen.

Joy allerdings dachte, dass er lieber gemeinsam mit Sira unachtsam sein wollte, als in tiefem Schmerz alleine zu bleiben. Daher nahm er nun auch ihre zweite Hand in die seine.

Und etwas Unglaubliches geschah!

Bei dieser Berührung durchlief ihre Körper ein unbeschreibliches, wärmendes Gefühl und ein wunderbares Licht erstrahlte um sie herum. Beide waren wie in einer schillernden Seifenblase vereint – und das Eis um sie herum schmolz nicht mehr! Nein, dessen Kristalle leuchteten sogar in den herrlichsten Farben.

Joy schaute Sira fragend an. Sprechen konnte er in diesem Moment nicht.
Und dann probierte er es erneut. Ganz langsam nahm er zunächst eine von Siras Händen, dann die zweite.

Plötzlich begann er, laut zu jubeln und zu tanzen, denn mit der Berührung beider Hände, so erkannten sie nun, wurde ein magisches Gleichgewicht wiederhergestellt. Wie wunderbar dieser Augenblick für die beiden liebenden Menschen war, konnte keiner von ihnen beschreiben. Sie hielten sich fest an beiden Händen, schauten sich tief in die Augen. Dann schenkten sie sich ihren ersten Kuss, indem sie ihre Nasen aneinanderrieben.

Das Glück war für die beiden vollkommen. Denn was stand ihrer gemeinsamen Zukunft nun noch im Wege? Sira und Joy strahlten einander liebevoll an. Sie schmiedeten Pläne mit ihrer besonderen Gabe, die sie beide miteinander verband. So konnten sie zusammen nicht nur ihr persönliches Glück finden, nein, sogar eine gemeinsame berufliche Zukunft ließ sich daraus entwickeln. Sie wussten nun, dass sie ihren Weg gemeinsam gehen konnten, sowohl im Leben als auch im Beruf.

Nachdem sie die Schule abgeschlossen hatten, gründeten sie ein Unternehmen und nutzten ihre Gabe, um Eisbrocken zu brechen und hiermit neue Gebäude zu errichten. Sie beide waren einzigartig auf dem Gebiet und sehr gefragt. Und sie versprachen sich ewige Liebe, hatten ihr persönliches Glück gefunden und wollten ihr Leben als Paar gestalten.

Bald schon bauten sie sich ihren eigenen Iglu und richteten ihr Zuhause darin ein. Hier in ihrem Heim lebten sie glücklich miteinander. Sie achteten aber darauf, dass sie sich immer gleichzeitig mit beiden Händen berührten.

Dieses Wissen sorgte stets für ein Lächeln in ihren Gesichtern. Aber nicht nur dort, im Vertrauen und mit Bedacht führten sie ein Leben in Liebe und Geborgenheit. Und ein Lächeln erstrahlte in ihren Herzen und erfreute die Menschen in ihrer Nähe.

Auch heute, nach vielen, vielen Jahren, erzählt man sich immer noch diese Geschichte und von der Magie, die glücklich macht, wenn man ein Lächeln im Herzen verspürt ...

Es waren einmal neun Kinder, die sich im Hause ihres Vaters versammelt hatten, nachdem dieser von ihnen gegangen war. Heute sollte das alte Häuschen geräumt werden, da es an den Nachbarn verkauft worden war.

Die älteste Tochter Maria sagte zu ihren Geschwistern, dass ein jeder kundtun solle, was er oder sie vom Hausstand behalten wolle. Alle schauten sie erstaunt und fragend an.

Ihr Bruder Hans antwortete spontan: „Tut mir leid, aber du glaubst doch nicht, dass irgendwer was von diesem Gerümpel will, oder?" Er schaute in die Runde, in der allseits ein Kopfschütteln zu sehen war. „Siehst du", sprach Hans weiter, „lass uns den Holzkarren holen, dann haben wir die Arbeit schnell erledigt."

Er stand bereits auf, als sein jüngster Bruder Berno vorsichtig aufschaute, sich räusperte und mit leiser Stimme sagte: „I...ich ..."
Er räusperte sich erneut. „Also, ich hätte einen Wunsch." Alle Augenpaare waren verblüfft auf ihn gerichtet. ...

So beginnt das zweite Märchen von Rita Schmitz, das den Titel trägt **„Die Melodie zum Glück"**, das von zwei Menschen und der großen Liebe erzählt.

ISBN: 978-3-96074-125-1 - Hardcover
ISBN: 978-3-96074-126-8 - Taschenbuch

Viel Glück!

Rita Schmitz

Jahrgang 1969

Seit vielen Jahren ist sie als Standesbeamtin tätig und darf mit vielen Paaren den besonderen Moment der Liebe teilen.

Im Jahre 2019 ist sie mit ihrer Leidenschaft im Auftrag der Liebe in die Selbständigkeit gegangen und ermöglicht nun allen Paaren als freie Traurednerin in ihrem Unternehmen „Trauung ins Glück" ihr ganz individuelles Fest. Egal ob es die erste Hochzeit ist oder aber eine Erneuerung des Versprechens nach Jahren. Es soll stets perfekt zu den Wünschen des Paares passen – fröhlich, festlich, kreativ und mit vielen Emotionen.

Da Rita Schmitz immer mit dem Herzen und mit Gefühlen unterwegs ist, sind nun die ersten beiden „Erzählungen für die Liebe" entstanden.

Weiterhin findet man unter ihrem Geburtsnamen Rita Mintgen verschiedene Kinderbücher, die seit 2011 erschienen sind und die sie gerne in Schulen dem jungen Publikum vorstellt.

Trauung ins Glück

Rita Schmitz

Trauunung ins Glück – Freie Trauung

Gänsehalsstraße 29 – 56745 Bell

www.trauung-ins-glueck.de

kontakt@trauung-ins-glueck.de

**Rita Mintgen
Das Geheimnis im Laacher Tal**

ISBN: 978-3-86196-723-1
Hardcover, 68 Seiten, farbig illustriert

Man erzählte sich, dass der Zwergenkönig vor vielen Jahren einen Bann über das Laacher Tal legte. Die drei Brüder Bärtl, Wurzel und Naseweis leben in diesem Tal und gehen täglich in den roten Berg zur Arbeit.

Bald jedoch erleben sie Seltsames. Ob diese Geschehnisse in Zusammenhang mit dem alten Geheimnis stehen?

Und ob unsere drei Brüder das Geheimnis lösen können?

**Rita Mintgen + Karsten Mohr
Jo und die Unbezähmbaren**

ISBN: 978-3-86196-869-6
Taschenbuch, 94 Seiten, illustriert

Wieder einmal steht für Jo ein Schulwechsel an.
Wieder einmal ist er der Neue!

Jo, der nach einem Unfall im Rollstuhl sitzt, stehen erneut viele Herausforderun-
gen bevor. Ob er in der neuen Klasse Freude findet? Welche Hindernisse stellen
sich ihm dieses Mal im Alltag? Und wie verläuft das Schuljahr? Denn es gibt da
noch die Gang „Die Unbezähmbaren" – und die Jungs spielen Jo ziemlich übel
mit!

Ein jeder Mensch ist etwas Besonderes, das sollte nie vergessen werden ... und
genau davon erzählt diese wundervolle Geschichte.

Impressum:

Besuchen Sie uns im Internet:
www.papierfresserchen.de

© 2020 – Papierfresserchens MTM-Verlag GbR
Mühlstraße 10, 88085 Langenargen

info@papierfresserchen.de
Alle Rechte vorbehalten.
Erstauflage 2020

Lektorat: Melanie Wittmann – www.bona-verba.de
Buchsatz: CAT creativ - www.cat-creativ.at

Illustrationen und Cover: Susanne Koß
Gedruckt in Polen

ISBN: 978-3-96074-121-3 - Taschenbuch

Weitere Ausgaben:
ISBN: 978-3-96074-120-6 - Hardcover